Une rentrée magique

KOCHKA   **CLAIRE DELVAUX**

CASTOR BENJAMIN Flammarion

© Castor Poche Éditions Flammarion, 2004 pour le texte et l'illustration.
26, rue Racine - 75278 Paris Cedex 06
Imprimé en France. ISBN : 2-08162650-0

*– Aux petits qui deviennent
un peu plus grands.*

K.

*– À toutes les petites dames
des bibliothèques.*

C. D.

Chapitre 1

Rita n'aime pas les changements

C'est bientôt la fin des vacances,
et chez Rita l'angoisse monte.
– Ma chérie, tu es une grande
maintenant, dit Maman. Tu dois aller
au CP, à l'école des grands !
Mais Rita n'en a pas envie.
Elle trépigne, et elle fronce les sourcils.

– Tu sais, tu ne seras pas seule,
ajoute Maman. Il y aura Apolline,
Tida et Charline. Et il y aura aussi
Garence et la toute petite Marie.
Et puis tu vas bientôt apprendre à lire !
– Ça m'est égal, je n'irai pas ! dit Rita.
  Et, affichant sa tête de cochon,
elle part grogner dans sa chambre.

Axelle, sa sœur, vient la voir.

Axelle est grande.

Elle est déjà au collège.

– Toc toc toc ! Rita, c'est moi !

Je peux entrer s'il te plaît ?

Rita ouvre sa porte, et se jette

dans les bras d'Axelle.

– Oh ! là, là ! dit Axelle,
qu'est-ce qui t'arrive, ma noisette ?
– C'est à cause du CP, Axelle.
Je ne veux pas changer d'école !
Je ne veux pas apprendre à lire !
– Chuuut ! tu ne sais pas ce que
tu dis…, chuchote sa grande sœur.

Chapitre 2

Un incroyable secret

*A*xelle s'assoit en tailleur.

– Tu me fais confiance, Rita ?

– Ben oui, lui répond Rita.

– Alors, essuie tes yeux, et assieds-toi près de moi.

Rita essuie ses yeux, et s'installe à côté d'Axelle.

– Écoute-moi bien, dit Axelle.
Je vais te dire un secret.
Voilà, murmure-t-elle, lire…
ça donne des pouvoirs magiques !
– Quoi ? Qu'est-ce que tu dis ?
demande Rita.

– Je dis, reprend Axelle, qu'en CP,
tu vas devenir une magicienne !
– N'importe quoi ! grommelle Rita.
– Pourtant, je t'assure que c'est vrai,
dit Axelle. Quand on sait lire,
le soir, on fait une tente dans son lit.
Ensuite on prend une torche,
et un livre. Et *POUF !* on fait
apparaître tout ce qu'on lit !
   Mais Rita n'y croit pas du tout.
Elle veut des explications.

Axelle se relève au milieu
de la petite chambre verte ; elle fait
des grands gestes avec ses bras.
– Voilà, c'est simple, dit-elle. Si
l'histoire se passe dans un château fort
bâti quelque part sur une montagne
lointaine, alors, grâce à la torche
et à tes yeux, *POUF !* sous le drap,
le château fort
apparaît !

– Mais c'est impossible, dit Rita.
Les lits sont trop petits. Il n'y a pas
assez de place.
– Pourtant, répète Axelle,
c'est ça la magie des livres !...

Et elle lève sa main droite
avec sérieux :
– Croix de bois, je te le promets Rita !

Chapitre 3

La rentrée

$\mathcal{D}$eux jours plus tard,
c'est la rentrée.
Rita s'habille rapidement, se coiffe,
et prépare son cartable.

– Axelle, ta rentrée à toi, c'est demain ;
alors tu nous accompagnes ?
– Bien sûr ! répond Axelle à Rita.
Car c'est un très grand jour,
n'est-ce pas ?

Devant la porte de l'école,
il y a déjà une foule.
Maman, Axelle et Rita se glissent
jusqu'au panneau d'affichage.

– Tu es en CPa ! annonce Maman
lorsqu'elle parvient devant la liste
des noms.

Puis elle ajoute :
– Tu es avec Apolline, Tida, Marie,
et même Garence et Charline !
C'est super, tu ne trouves pas ?
– Oui, c'est bien, répond Rita
avec une toute petite voix.

Axelle se penche,
et lui glisse à l'oreille :
– Ta maîtresse s'appelle
Sophie Abradi.
C'est un drôle de nom...
À mon avis, il est parfait
pour un professeur de magie !
– Tu crois ? lui demande Rita.
– Fais-moi confiance,
je ne me trompe pas,
dit Axelle.

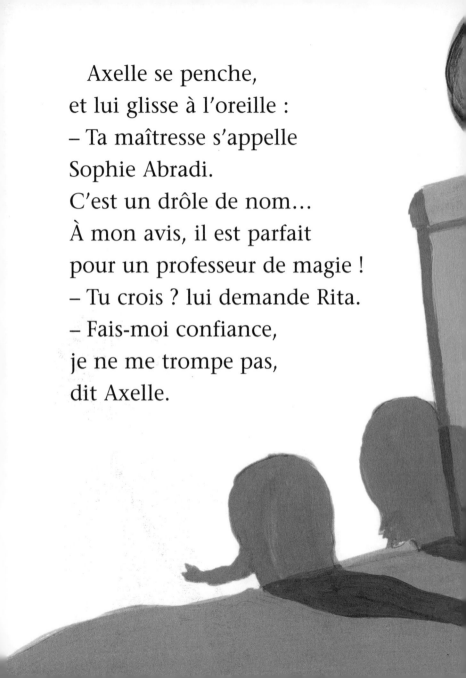

Maintenant, Maman déclare
que c'est l'heure.
Toutes les trois s'engagent alors
dans le flot des gens qui entrent
dans l'école.

Chapitre 4

Maîtresse
Sophie Abradi

Le porche est grand et,
tout d'un coup, Rita ne se sent plus
si courageuse. Mais heureusement,
voilà Marie avec ses parents.

– Bonjour Rita ! dit Marie.

– Oh ! bonjour Marie ! répond Rita.
Tu as vu, on est dans la même classe !

– Oui, je sais, dit Marie en prenant
la main de Rita.

Et elle ajoute :

– Ne nous lâchons pas. Il y a plein
de grands et d'inconnus par ici.

Dans le préau, tous les enfants de CP attendent avec leurs parents.
De leurs yeux vifs, Rita et Marie repèrent leurs petites copines.
– Venez, venez ! crient-elles à Tida, Garence, Apolline et Charline.

Un peu plus tard, la cloche sonne.
Le directeur fait son entrée,
accompagné par un maître
et quatre maîtresses.
– Bienvenue à tous ! dit-il.
Nous sommes très heureux
de vous accueillir les enfants.
Mais je ne vais pas faire
de long discours ; je passe plutôt
la parole à Sophie Abradi,
maîtresse de CPa, qui est nouvelle
dans notre établissement.
    Une jeune dame s'avance
en souriant.
– Bonjour ! dit-elle avec plein
de gentillesse.
    Puis elle appelle ses élèves.

Chaque enfant embrasse
ses parents et s'avance.
Ensuite, avec un vrai savoir-faire
de magicienne, la maîtresse
fait régner le silence,
et emmène tout son petit monde
à la queue leu leu vers sa classe.

Chapitre 5

La lettre « a »
qui est dans « ami »

*L*e premier matin, il faut
se présenter, et parler de l'organisation
de la vie à l'école.

– Vous êtes des grands maintenant,
dit Sophie, vous n'êtes plus
en maternelle. Donc, je demande
à chacun de lever la main pour parler,
et d'attendre que je lui donne
la parole. Est-ce que c'est bien
compris ?

– Oui ! oui ! oui ! disent les enfants.

– Autre chose, dit la maîtresse.
Dans la cour, quand la cloche sonne,
on se range deux par deux,
à la queue leu leu ; et dans les escaliers,
on se déplace en silence. Maintenant,
parlons du matériel qu'il y aura
dans votre trousse…

Dès l'après-midi, Sophie Abradi
leur apprend la lettre « a »
que certains connaissent déjà.
– On la trouve dans « ami », dit-elle,
et aussi dans « abeille », « abricot »
et « alphabet ».

À la sortie, Maman est déjà là.
– Mon oiseau, est-ce que ça c'est
bien passé ?
– Super ! lui répond Rita
et tout en marchant, elle pense
sans arrêt à la lettre « a »
qu'on trouve dans le mot « ami ».

Le soir, alors que Maman a éteint,
Rita fait une tente dans son lit.
Ensuite, elle prend une torche
et un livre et, avec son doigt,
elle repère les lettres « a ».
Mais à part ça, rien n'apparaît !

Rita est bien embêtée. Elle sort
sur la pointe des pieds, et passe la tête
dans la chambre bleue de sa sœur.

– Axelle, dit-elle, ma maîtresse de CP
est mauvaise : la magie ne marche pas !
   Axelle se lève, et la ramène
dans son lit.
– Tu es trop impatiente, Rita.
On ne devient pas magicienne
en un jour ! Il faut beaucoup travailler !

Rita est un peu déçue.
– Ne t'inquiète pas,
et dors maintenant, ajoute Axelle.
Parfois la nuit porte conseil...
    Et Axelle couvre Rita,
puis elle l'embrasse et s'en va.

Le lendemain, les rayons du soleil
passent par les trous du volet,
et Rita ouvre les yeux.
Aussitôt, elle découvre à ses pieds
un papier tout à fait particulier.

C'est un papier qui semble avoir été
découpé dans un livre de sorcière,
ou bien dans un livre de fée.

Rita se précipite chez Axelle.
– Axelle, Axelle, qu'est-ce qui est écrit ?
C'était sur ma couverture !
Axelle bâille, et puis elle dit :
– Quand tu sauras lire toute seule
la formule de ce papier,
alors la magie pourra marcher.
– Ah ! bien… répond Rita.
Et elle retourne en courant
dans sa chambre.
C'est qu'elle doit trouver
une cachette pour cet étrange papier
découpé.

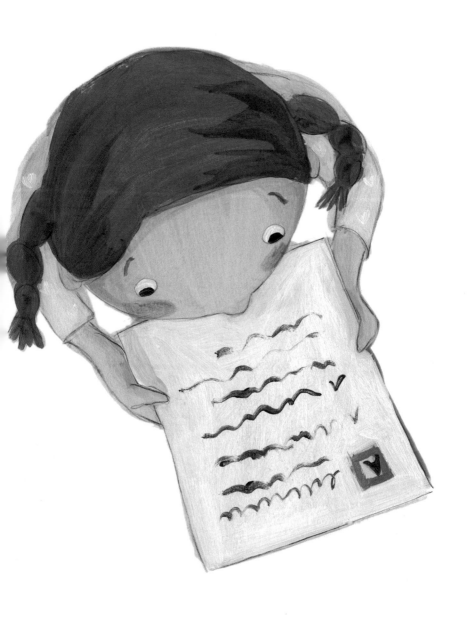

Ensuite, les jours et les semaines passent, et à l'école, Rita apprend à lire les lettres et les mots.

Chaque soir en secret, Rita sort
son papier découpé, et elle essaie
de déchiffrer la formule qu'il contient.
Mais chaque soir, elle est arrêtée
par des lettres un peu compliquées.
– Bon, je réessaierai demain,
pense-t-elle sans jamais se décourager.
Et pleine d'espoir, elle replie
son papier.

Ainsi, l'automne passe, et les feuilles disparaissent…

Puis l'hiver arrive avec les chaudes écharpes et les pulls en laine.

Un soir, sous sa couverture, Rita sort le papier et, à sa grande surprise, petit à petit avec son doigt qui avance comme une toute petite fourmi, elle parvient jusqu'au bout !
Elle lit :

Abracadabra pif paf pouf,
apparaît là, gros patapouf !

Folle de joie, elle pousse un cri de victoire, et elle court voir sa sœur.

– Axelle, Axelle ! J'ai réussi ! Écoute :
Abracadabra pif paf pouf,
apparaît là, gros patapouf !
– Ouaou, bravo ! crie Axelle
en la soulevant dans ses bras.

   Puis, elle la repose par terre, et ajoute :
– Cours dans ta chambre, et ferme
les volets ! Ensuite tu fais une tente
avec tes draps, et j'arrive !

Une minute plus tard,
Axelle rejoint sa sœur,
ferme la porte derrière elle,
et rentre à tâtons
dans la petite chambre verte,
qui est devenue toute noire...

Chapitre 6

Abracadabra
oh ! là, là !

Axelle s'approche du lit,
et elle se glisse sous le drap.
– Bien, dit-elle, alors maintenant,
j'ouvre le livre et j'éclaire ; puis tu lis
les phrases, et moi je les répète !

– La sor-cière Oul-ka é-tait a-ffreuse,
déchiffre tout doucement Rita.

– La sorcière Oulka était affreuse,
répète Axelle avec une voix
très profonde.

– Sa mai-son é-tait té-né-breuse,
continue tout doucement Rita.
– Sa maison était ténébreuse,
reprend Axelle avec une voix
très profonde.

– On en-ten-dait les pas d'Oulka,
poursuit Rita, et son nez re-ni-flait
les rats.
– On entendait les pas d'Oulka, répète
Axelle, et son nez reniflait les rats.

Mais à ce moment-là, une ombre
avec des mains immenses entre
dans la chambre, et se penche
au-dessus du drap…
– Aaaaaaah ! hurlent Axelle et Rita,
quand une grosse tête apparaît.

– Mais enfin, qu'est-ce qui se passe ici ?
demande Maman. C'est quoi ces cris
de souris ?

Axelle et Rita éclatent de rire.
– C'est à cause de la magie ! dit Axelle.
– Oui, dit Rita. À cause d'elle, Maman,
tu es devenue l'affreuse Oulka !

→ JEUX

Sauras-tu aider Rita à résoudre ces deux charades ?

Mon premier est le cinquième mois de l'année.
Mon deuxième est l'autre nom pour désigner une natte.
Mon tout est une dame qui apprend à lire et à écrire !
Je suis...

Maîtresse (mai – tresse)

Mon premier est
un véhicule qui roule.
On écrit ou on mange
sur mon deuxième.
Mon tout est très utile
pour ranger ses affaires
de classe !

Cartable (car – table)

⊖ DEVINETTE

En apprenant à lire, Rita est devenue magicienne.
Découvre avec elle des mots ensorcelés…

**Retrouve les paires de mots qui ont exactement
les mêmes lettres, mais dans un ordre différent !
Attention ! les accents n'ont pas d'importance.**

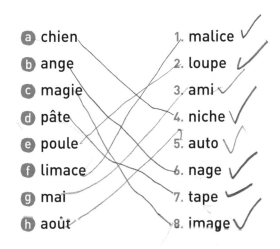

a chien
b ange
c magie
d pâte
e poule
f limace
g mai
h août

1. malice
2. loupe
3. ami
4. niche
5. auto
6. nage
7. tape
8. image

Réponses : a et 4 – b et 6 – c et 8 – d et 1 – e et 2 – f et 7 – g et 3 – h et 5.

➔ Dans la même collection

Imprimé en France par P.P.O. Graphic, 93500 Pantin
08-2004 - N° d'imprimeur : 7861
Dépôt légal : septembre 2004
Éditions Flammarion - N° d'éditeur : 2650
Loi n° 49-956 du 16 juillet 1949 sur les publications destinées à la jeunesse.